Todos los libros de Linkgua Ediciones cuentan con modelos de Inteligencia Artificial entrenados por hispanistas. Pregúntale al chat de tu libro lo que desees acerca de la obra o su autor/a.

Para ebooks: Accede a nuestro modelo de IA a través de este enlace.

Para libros impresos: Escanea el código QR de la portada con tu dispositivo móvil.

Obtén análisis detallados de nuestros libros, resúmenes, respuestas a tus preguntas y accede a nuestras ediciones críticas generativas para una experiencia de lectura más enriquecedora.
La transparencia y el respeto hacia la autoría de las fuentes utilizadas son distintivos básicos de nuestro proyecto. Por ello, las respuestas ofrecen, mediante un sistema de citas, las fuentes con las que han sido elaboradas.

José Martí

Amor con amor se paga

Barcelona 2024
Linkgua-ediciones.com

Créditos

Título original: Amor con amor se paga.

e-mail: info@linkgua.com

Diseño de cubierta: Michel Mallard.

ISBN rústica ilustrada: 978-84-9007-187-8.
ISBN ebook: 978-84-9897-870-4.

Sumario

Brevísima presentación

La vida

José Martí (La Habana, 1853-Dos Ríos, 1898), Cuba.

Era hijo de Mariano Martí Navarro, valenciano, y Leonor Pérez Cabrera, de Santa Cruz de Tenerife.

Martí empezó su formación en El Colegio de San Anacleto, y luego estudió en la Escuela Municipal de Varones. En 1868 empezó a colaborar en un periódico independentista, lo que provocó su ingreso en prisión y más tarde su destierro a España. Vivió en Madrid y en 1871 publicó El presidio político en Cuba, su primer libro en prosa.

En 1873 se fue a Zaragoza y se licenció en derecho, y en filosofía y letras. Al año siguiente viajó a París, donde conoció a personajes como Víctor Hugo y Augusto Bacquerie.

Tras su estancia en Europa vivió dos años en México. Por esa época se casó con Carmen Zayas Bazán, aunque estaba enamorado de María García Granados, fuente de inspiración en sus poemas.

En 1878 regresó a La Habana y tuvo un hijo con Carmen. Un año después fue deportado otra vez a España (1879). Hacia 1880 vivió en Nueva York y organizó la Guerra de Independencia de su país. Fue cónsul de Argentina, Uruguay y Paraguay en esa ciudad norteamericana; dio discursos, escribió artículos y versos, conspiró, fundó el Partido Revolucionario Cubano y redactó sus Bases. En 1895, al iniciarse la Guerra de Independencia, se fue a Cuba y murió en combate.

Amor con amor se paga fue estrenada el 19 de diciembre de 1875. Esta es una obra ligera que trata el tema amoroso con humor.

Fue escrita por José Martí en París para la actriz Concha Padilla, y obtuvo cierto reconocimiento de la crítica.

Amor con amor se paga

Personajes

Él
Ella
Julián
Teresa

Acto único

La escena pasa en nuestros días.

(Salón elegantemente amueblado; puerta al fondo.)

(Ella esperaba; Él entra.)

Ella

Vino el caballero a punto.

Él

Venir a punto era fuerza.
A caballeros las damas
Nos obligan, cuando ruegan.

Ella

Envidiáraos por cortés
La vieja corte francesa;
Pero ésa es prenda del hombre,
Y aunque es necesaria prenda,
En el asunto a que os llamo
He menester al poeta.

Él

Pues qué, ¿poeta y hombre acaso
Serán dos cosas diversas?
¡Con nacer y con amar
Cuánta poesía está hecha!

Ella

(Con interés mal disimulado.)
¡Qué, amáis!

Él (Con intención.)

¡Sí, amo!

Ella (Abandonando precipitadamente la idea.) Dejad
Inoportunas querellas
Que os distraerían

Él Y ¿a vos
No?

Ella (Sonriendo.) Tal vez me distrajeran.
Es ello que necesito
Para hoy mismo una comedia.

Él Comedia, ¿y para hoy?... ¿Qué, acaso
Fénix renace el gran Vega,
O de los dos Calderones
Ha vuelto alguno a la tierra?
¿Y el enredo? ¿Y la enseñanza?
¿Y aquellas galas poéticas,
Blonda sutil del lenguaje
Que lo borda y hermosea?

Ella No os pido cosa tan alta:
Quiero una obrilla modesta,
Juguete, ensayo, proverbio...

Él ¡Facilidad como ella!

Ella Sabéis que en casa, el teatro,
Por cierto, no es cosa nueva:
De moda han puesto mi casa
Para tertulias y fiestas,

Y yo amenizo las noches
Representando comedias.
Así las horas distraigo,
Y tal vez sencillas penas.
(Con malicia.) Y dolores de viudez
Que ya en mis años aquejan.

Él (Con calor.) ¿De viudez? Pues ¿cuándo sola
Pudo estar vuestra alma bella?
Alma habría que su encanto
Cifrara todo en la vuestra
¡Y para amaros en ellos
Más largos los días quisiera!

Ella Dijérase que empezáis
A representar la pieza.

Él ¡Tan buena y tan cruel!

Ella Mirad,
Pensemos en la manera
De salir del caso grave.

Él Mas ¿cómo?

Ella Un proverbio sea:
Sencillo.

Él La sencillez
La dificultad aumenta.
Ved que el talento de ser
Sencillo, es el que más cuesta.

Remedio no tiene el caso.

Ella Este caso se remedia
Buscando título pronto
Al refrancillo, que apremia.
No la hagas...

Él A fe que es viejo.
No la hagas, y no la temas.
¡Cuán bien la Cayron reía
Con Reig en la escena aquella
en que de tonto y retonto
Con gracia tal le moteja,
Que ni el público la olvida,
Ni se repara la escena!

Ella Del dicho...

Él Al hecho. No ha un mes
Hicimos la hermosa pieza,
Y lo que escribe Tamayo.
Ni rival sufre, ni enmienda.

Ella A fe que tiene mi amigo
Imperdonable modestia.

Él Virtud es ella egoísta,
Y taimada como ella.
Han dado ya en olvidarla
De tan ingrata manera,
Que viene a ser vanidoso,
Sinónimo de poeta.

Así, quien se ve, y se mira,
Que en el mérito escasea,
Para valer algo, acoge
Lo que los demás desechan.

Ella — Yo necesito un proverbio.

Él — Un proverbio da respuesta
A mi temor: Quien mucho habla...

Ella — Sé lo demás: mucho yerra.
Mas, ¿quién por cortés se tiene,
Y de galante se precia,
Y de una dama la súplica
Terco y airado desdeña?

Él — ¿Hidalgo yo y descortés,
Y vos mujer y no reina?
Sílbenme a coro en buen hora,
Y haya la crítica fiesta,
Y pasto de los cencerros
Mi pobre proverbio sea;
Que es harto buena mi obrilla
Con que una mujer la quiera.

Ella — ¿Palabra?

Él — Honrada y segura.
Ya son mis labios colmena
De refranes: ¡quién en ellos
Pusiera picante abeja,
Que en el público zumbase

Con enseñanzas amenas!

Ella ¿Ambiciosillo el modesto?

Él ¿Quién de ambiciones no sueña,
Si las anima y las quiere
Niña gallarda y airosa,
Que el domingo en la Alameda
Galas de México luce,
Color prestada pasea,
Oyérame aquí la niña
Decir que Naturaleza
En las flores rojo puso,
Y en la faz la color fresca?
Y ¡cómo el novio pulido
De ella tuviera vergüenza,
Si al darla el beso primero
Que toda ventura encierra
En capa vil de pintura
Su beso de amores diera!
Doncellita primorosa
Que, colgando al cuello, ostentas
Perlas, que en vano pretenden
Copiar de tu boca perlas;
Guarda, guarda, doncellita,
Que el que de amor te querella,
Con prontos besos te robe
Del alma la color fresca...
(Deprisa.) Y diera así a los galanes
Consejos para las bellas,
Y sátira al envidioso,
Y golpes a la pereza,

Y enseñanzas a mí mismo,
Y a todos plática diestra,
Blanda en la forma y prudente,
Y en el fondo, grave y recta.

Ella — Mas mi proverbio...

Él — Ya apunta:
¡Dificultad sin clemencia!

Ella — Pensemos título: Antes
Que te cases mira...

Él — ¡Necia
Prevención del refrancillo!
Pues ¿hay ventura como esa
De haber amparo del llanto
En la noble esposa tierna;
Y haber dos almas, sin ser
Más que una, y sentir cuán bellas
Palabras nos fortalecen,
Y caricias nos consuelan?

Ella — ¿De veras pensáis así?

Él — Así lo pienso de veras.
Hombre incompleto es el hombre
Que en su estrecho ser se pliega
Y sobre la tierra madre
Su estéril vida pasea,
Sin besos que lo calienten
Ni brazos que lo protejan.

Ábrese el árbol en frutos
En plantas se abre la tierra;
Brotan del ramo las hojas;
Todo se ensancha y aumenta.
Y el hombre no es hombre, en tanto
Que en las entrañas inquietas
De la madre, el primer hijo
Palpitar de amor no sienta.
¡Proverbio necio a fe mía!
Otro refrán.

Ella (Su nobleza,
El ánimo me cautiva,
Y la voluntad me prenda.)

Él Otro refrán.

Ella ¿Otro? Mira
Con quién andas...

Él Es conseja
Harto vulgar.

Ella El que a hierro
Mata

Él Por el hierro muera.
Vengativo es el proverbio,
Aunque bíblico: no sean
Mis palabras, mientras viva,
De venganza pregoneras.
Otro más.

Ella El que con lobos
Anda

Él Se ha escrito.

Ella El que espera

Él Desespera, según dicen.

Ella
(Con intención.) Mas si aguarda con nobleza
Amor que tarda en venir,
En bien de sí mismo espera...

(Movimiento de él.)

Él
(Precipitadamente.) Otro más cierto.

Ella ¿De amores?

Él ¿Quién diera cosa más bella?

Ella Amor con amor se paga...

Él Pues ese proverbio sea.
Ingratas hay que lo olvidan,
Y torpes que lo desdeñan.

Ella La probanza es menester:
Ánimos, pues, y a la empresa.

Él (¡Si me amara!)

Ella (¡Si me amara!)

Él (¡Si entendiese!)

Ella (¡Si entendiera!)

Él Presto, manos a la obra.

Ella Al punto. ¿Cómo comienza?

Él A fe que no doy con ello;
Mas no será cosa extrema:
Con esquiveces de dama
Y en el galán insistencias;
En él, valor y ternura,
En ella, gracia discreta;
Paréceme que el proverbio
Hacerse bien se pudiera.
¿En qué pensáis?

Ella En el tiempo,
Que va de prisa, y apremia.
¿Decís que amor con amor...?

Él Se paga: ¡si es cosa hecha!

Ella
(Con intención.) ¿Tal es de cierto el proverbio?

Él ¡Tal fuera la dicha cierta!
Mirad: pues que el tiempo apura,
Danme las mientes idea
Original y curiosa:
Habrá en la amante contienda
Galán que de amor requiebre,
Y dama esquiva y zahareña.
Haced vos lo de la dama,
Que os ha de cuadrar de veras:
Yo haré el galán: vos reñís,
Cosa para vos no nueva:
Insisto yo, os defendéis:
Vuelvo empeñoso a la tema,
Volvéis a las esquiveces,
Refuerzo yo la insistencia,
Y entre no quiero y sí quiero,
Vos donaire, yo destreza,
Haced que el amor despierte
Y ¡dejadme que yo os venza!

Ella ¡Que vais haciendo el proverbio!

Él Por hacerlo el alma diera:
¿Aceptáis?

Ella Es cosa extraña...

Él Perdónese por lo nueva:
¿Os decidís?

Ella Decidida.
¿Edades?

Él — La mía y la vuestra

Ella — ¿Época?

Él — Hoy: los amores
No tienen más que una época.

Ella — ¿Y nombres?

Él — De dama, el vuestro:
Leonor, ¿qué cosa más bella?

Ella — Pensad que andamos de burlas.

Él — Pues tanto valen las veras,
Dejad que de burla os llame,
Como sin burla os dijera.

Ella — Cortés estáis y discreto,
Mas no me place. Teresa
Llámese la ingrata altiva:
Julián vuestro nombre sea.

Él — Ved que notaréis frialdades
Llamándoos a vos Teresa.

Ella — Es nombre de santa ilustre:
¿Aceptáis?

Él — No haya querella.

Ella Vos, Julián; Teresa, yo;
Princípiese aquí la escena.

(Arreglan los muebles, como preparando un escenario.)

Él Vos sentada; yo sentado.

Ella Sube el telón: ya comienza.

Él Ved que os dejéis convencer.

(Bajo.)

Ella Ved que me llamo Teresa.

(Idem.)

Julián (Afectando tono dramático.)
Con ser tanta la verdad
De vuestra rara hermosura,
Mayor es mi desventura,
Y mayor mi soledad.
De roca os hizo en verdad
Vuestra buena madre el pecho:
¿Qué ley os dará derecho
para prendar hombre así?
Con amaros, ¡ay de mí!
¿Qué mal, señora, os he hecho?

Ella (Interrumpiendo
la escena, y volviendo a hurtadillas a lo natural. Bajo.)
A fe que os ponéis muy grave.

Él — Ved que ha empezado la escena.

Ella — (¡Jesús con el don Julián!)

Él — Tócale hablar a Teresa.

Teresa (Recobrando su tono de ficción.) — Triste os ponéis de repente:
Hacéis —¡soberbio papel!—
A maravilla el doncel
De don Enrique el Doliente.
Ved que no ha estado prudente
Vuestro triste corazón:
Yo sé que amar es razón,
A quien se ama, y ley muy justa:
Mas, si el galán no nos gusta,
¿Es amar obligación?

Julián — No es de dama tan cortés
Respuesta tan enojosa:
Gala hacéis de donairosa,
Mas lujo de crueldad es.
Ved, señora, que después
De haber abierto la herida,
Tiene la mano homicida
Deber con la caridad,
Y es más bella la beldad
Cuando da a un muerto la vida.
Ved que en el viento las aves
Volando pasan a par:
Ved a las ondas cruzar

Rumorosas y suaves.
Ved que hasta las penas graves
Jamás, Teresa, andan solos:
Ved cuál se juntan las olas
En el correr de los ríos:
Ved, junto a troncos umbríos,
Amarse las amapolas.

Teresa

A fe que de mi amador
Sospechar nunca pudiera
Que tan presto convirtiera
A Cupido en orador.
Mas faltan al trovador,
Para cautivarme, galas.
No son las endechas malas;
Pero yo nunca he podido
Imaginarme un Cupido
Con levi-sac y sin alas.

Julián

A fe, señora, que tengo
Algo tan duro en los labios,
Que por no haceros agravios,
En el hablar me contengo.
Ved que a trovaros no vengo,
Ridículo trovador:
Ved que si vivo amador,
Y si os ensalzo poeta,
Quien se respeta, respeta
Un digno y honrado amor.
Alas me niega el gracejo
Que vuestros encantos roben;
Mas en cambio de amor joven,

Amor os tengo tan viejo,
Y tan probado y añejo,
Y tan recio en la porfía,
Que acaba, Teresa, el día
Para empezar uno nuevo,
Y ¡en el alma siempre llevo
Encendida el ansia mía!

(Levantándose.) Y es amor fuego tenaz,
Y ansia y congoja tan fiera,
Que no hay, Teresa, manera
De que yo goce de paz.
Es pensamiento que audaz
Todo el pensar me domina,
Y sueño que me fascina,
Y encanto que me seduce,
Y estrella que me conduce,
Y ¡hasta Sol que me ilumina!

Teresa Por sueño...

Julián ¡El alma enamora!

Teresa Por encanto.

Julián ¡Azul parece!

Teresa Por estrella.

Julián ¡No anochece!

Teresa Y por Sol

Julián ¡Alumbra y dora!
Y tanto os amo, señora,
Por lo gallarda y lo bella,
Que hasta en la mísera huella
Que imprimís a vuestro paso,
Ve este amor en que me abraso
Sueño, encanto, Sol y estrella.
Es que en el pecho han nacido,
Con pensamientos de amores,
Tantos sueños, tantas flores,
Tanto vigor comprimido,
Que al cabo en paz he vivido
Con la vida que me arredra:
Es que creciendo la yedra
Al tronco y muro se prende,
Y ¡en luz de amores enciende
Tronco, arbusto, Sol y piedra!

Teresa Incendio vivo y fugaz
Pinta aquí vuestro amor ciego:
Si os lo extingue todo el fuego
Abrasador y voraz,
Restos para amarme en paz
Del fuego no habrán quedado,
Y ¿qué he de hacer, malhadado,
Si el fuego arrecia y atiza,
Con un galán Don Ceniza
Consumido y chamuscado?

Julián Verdad es ella, que el fuego
De vuestros ojos me abrasa,
Y todo prende y arrasa

La antorcha del amor ciego;
Pero es lo cierto que luego,
Fénix, renace el amor,
Y de un campo sin verdor
Hace un raudal de fortuna,
Y de un sepulcro, una cuna,
Y ¡de una piedra, una flor!
Es fama que a un cementerio
Llegó un sabio cierto día,
Afirmando que no había
Tras de la tumba, misterio.
Un ser blanco, vago y serio,
A la tumba se acercó:
«Amor, amor» pronunció
Con triste voz quejumbrosa,
Y al punto alzóse la losa,
Y el muerto resucitó.

Teresa

Quedar debió el sabio inquieto,
Porque así yo me quedara,
Si me hubiera cara a cara
Con un galán esqueleto.
Vuestras historias respeto;
Pero pensad, Don Julián,
Que si tan tétricas van,
De buscar habré un conjuro,
Porque ya pone en apuro
Tanto hueso por galán.
Amador como el doncel,
Prendado de su misterio,
Trae consigo un cementerio
Para prendarme con él.

Y no le basta al cruel:
Para decir que me ama,
Fuego doquiera derrama
Por donde el paso detiene,
Y cuando a verme se viene,
Viene convertido en llama.

Julián (Toda esta décima, avanzando él y retrocediendo ella.)
¡Ved que es instante supremo
Este, en que de mí os burláis!

Teresa ¡Ved que ardéis, y me quemáis!

Julián ¡Ved morir!

Teresa ¡Ved que me quemo!

Julián ¡Morir de desdichas temo!

Teresa ¡Pensara yo que de arder!

Julián ¡Miradme ya estremecer!

Teresa ¡Miradme casi quemando!

Julián ¡Vedme de amor expirando!

Teresa ¡Vedme de miedo correr!

Él (Cambiando bruscamente de tono.)
¡No más, Leonor!

Ella (Como no queriendo entender.)

¿Qué Leonor?
Vos Julián, y yo Teresa.

Él

La comedia el fuego aviva:
Acabe aquí la comedia:
Yo os amo: en vano es que calle
Lo que ni a vos avergüenza,
Ni a mí me da más que honra,
Ni a vos más que dichas diera.
Mirad: con ser vos quien sois,
Y con ser, Leonor, tan bella,
Lo que de vos amo menos
Es vuestra altiva belleza.
¡Hay algo en vos que os envuelve,
Algo extraño que os rodea,
Algo puro que os bendice,
Y de vos hasta mí llega,
Y en el alma se me esconde
Y en frente y labios me besa!

(Ella hace movimientos para hablar.)

Callad: porque os tengo en tanto,
Leonor amada, que es fuerza
Que penséis lo que digáis
Porque yo en menos no os tenga.
Antes me enojan que vencen
Ridículas resistencias,
En quien de amores se abrasa
Y sus amores nos niega.
Decidme lo que pensáis

Presto; ¡Mas, por Dios, no sea
Nada, Leonor, que lastime
El corazón que os venera,
Y que con cada latido
En frente y labios os besa!

Ella (Adelantándose sola hacia un lado del proscenio.)
Público: suceso grave.
¿Cómo negarle podré
Todo mi amor, cuando sé
Que lo conoce y lo sabe?
Mándame aquí la costumbre,
Con las mujeres impía,
Que el amor del alma mía
Ni conozca, ni vislumbre;
Pero si está el corazón
Saltándoseme a los labios,
¿Cómo puede haber agravios
En las que verdades son?
Yo sé que el pecho amoroso
Lugar para este hombre guarda,
Y sé que mi amor lo aguarda
Por noble y por generoso.
¿Por qué si un amor honrado
Estoy sintiendo en el pecho,
No he de tener yo derecho
A decir que lo he engendrado?
¿Por qué, con tanto rigor,
Cuando a un casto bien se aspira,
Ha de ser la vil mentira
Forma fatal del pudor?

Él (En el otro extremo de la escena.)

¡Leonor, Leonor de mi vida,
Cómo más presto me hablaras,
Si mis angustias miraras
en el alma estremecida!
No es un vago devaneo
Ni pasajero amorío:
¡Es que este pobre ser mío
Prendido en tus labios veo!
Viví: con decir que vivo
Muchos recuerdos se dicen,
Que en el cobarde maldicen
Y esperan en el altivo.
Amé: con decir que llevo
En el corazón amores,
Digo que el ser de dolores
Se ha trocado en un ser nuevo.
¡Nada es azul en la vida,
Oh mortal, de lo que ves,
Si no miras al través
De una mujer bien querida!
Nada ¡oh mortal! es el hombre
Que sin mujer va en la tierra,
Y sin el hijo que encierra
Orgullo y germen de un nombre.
¡Leonor, mi amada Leonor,
Cómo más presto me hablaras,
Si en el alma me miraras
El lago azul de tu amor!

(Cada uno conserva su puesto en un lado de la escena.)

Ella ¿Cómo decirlo y callarlo?

Él (Tendiendo a ella las manos.) ¡Leonor, Leonor!

Ella (Siempre al público.)

Si es honesta
Afición la que me mueve,
Si me cautivan sus prendas,
Si es en la forma cortés
Y anida en su alma grandezas
Y lo amo, porque lo estimo,
Que solo alcanza completas
Venturanzas el amor
Que en la estimación comienza,
¿A qué mi temor, y el fuego
Que en las mejillas me quema,
Si tengo, al par que en el alma,
Claridad en la conciencia?

Él

Luchan amor y pudor
En esa alma limpia y bella,
En quien los años no extinguen
Las blancas flores primeras.
¡Aguarda, aguarda, amor mío:
Que detienen sus promesas
Timideces de mujer
Que el valor de amor aumentan!

(Los dos adelantándose a un tiempo.)

Ella ¡Julián!...

Él — ¡Leonor!

Ella (Turbada.) — Yo no sé

Él — ¡Palabra que tanto cuestas,
Si honrada en el alma naces,
Presto, presto al labio vengas!

Ella — ¡Te amo, te amo!

Él
(Con transporte.) — No tienen
Todas las humanas lenguas,
Ni las aves en los bosques,
Ni las brisas en las selvas,
Ni la tórtola nocturna
De quejumbrosas cadencias,
Conjunto tal de armonías,
De espacios divinos prenda:
Que luego de haber oído
«¡Te amo!» de tu boca bella,
Hay más azul en el cielo,
hay más calor en la tierra,
Y el aire un beso, otro beso,
Onda tras onda se lleva.

Ella
(Como dudando.) — ¿Amor firme?

Él — Nunca mueren
Estos cariños que empiezan

Con suave calma, que luego
Respeto y tiempo alimentan,
Y son del cuerpo sostén,
Más que deleitosa presa.
Estima, calma, respeto,
Unión en lo que se piensa,
Confusión de vida y vida,
¿Cómo es posible que mueran
Si uno en el otro se apoyan
Y con dos vidas alientan?

Ella ¿Y el proverbio?

Él No de burlas
Lo digas: antes de veras
Afirma que lo hemos hecho.
Pues ¿dónde hay mejor comedia
Que el corazón de los hombres
Y de mujer las ternezas?

Ella La noche llega.

Él En el teatro
Repetiremos la escena.

Ella Y ¿quién de silbarte habrá
Que ame, espere, sufra y sienta?
Mas, ¿qué papel en tu pecho
Muestra la frente indiscreta?
¿Papel de amor?

Él (Sacándole.) De congoja

Es muy probable que sea.
Míralo tú.

Ella ¡Del autor!...

Él (Como quitándoselo.) ¡Osadía como ésta!
Pero no habrá de leerse.
Dame.
No. Cumplir es fuerza
Su voluntad: «Al buen público.»
Dice así: «Carta modesta:
Juguete es éste sencillo
Hecho al correr de la pluma
En un instante de suma
Pereza. El alma sin brillo
Está de quien lo escribió:
Cuando sin patria se vive,
Ni luz del Sol se recibe,
Ni vida el alma gozó.
Vino Guas: quiso tener
Piececilla baladí,
Por darte, público, a ti
Algo agradable que ver.
Por la mañana encargó,
Y ¿se pensó en la mañana;
Más frívola que galana,
Por la tarde se acabó.
Hízose así, tan de prisa,
Y apenas solicitada,
De tal manera, que nada
Puede excitar más que risa.

Mas piensa, público amigo,
Que cuando el alma se espanta
Y se tiene en la garganta
Fiero dogal por testigo,
La inteligencia se abrasa
Y el alma se empequeñece,
Y cuanto escribe parece
Obra mezquina y escasa.
En este juguete mira
Caprichosa distracción
De un mísero corazón,
Que por hallarse suspira.
Siente, ama, estima, perdona
Con tu natural bondad:
Si es malo, la voluntad
De actor y poeta lo abona.
Nada mejor puede dar
Quien sin patria en que vivir,
Ni mujer por quien morir,
Ni soberbia que tentar,
Sufre, y vacila, y se halaga
Imaginando que al menos
Entre los públicos buenos
Amor con amor se paga.»

Telón

Libros a la carta

A la carta es un servicio especializado para
empresas,
librerías,
bibliotecas,
editoriales
y centros de enseñanza;

y permite confeccionar libros que, por su formato y concepción, sirven a los propósitos más específicos de estas instituciones.

Las empresas nos encargan ediciones personalizadas para marketing editorial o para regalos institucionales. Y los interesados solicitan, a título personal, ediciones antiguas, o no disponibles en el mercado; y las acompañan con notas y comentarios críticos.

Las ediciones tienen como apoyo un libro de estilo con todo tipo de referencias sobre los criterios de tratamiento tipográfico aplicados a nuestros libros que puede ser consultado en Linkgua-ediciones.com.

Linkgua edita por encargo diferentes versiones de una misma obra con distintos tratamientos ortotipográficos (actualizaciones de carácter divulgativo de un clásico, o versiones estrictamente fieles a la edición original de referencia).

Este servicio de ediciones a la carta le permitirá, si usted se dedica a la enseñanza, tener una forma de hacer pública su interpretación de un texto y, sobre una versión digitalizada «base», usted podrá introducir interpretaciones del texto fuente. Es un tópico que los profesores denuncien en clase los desmanes de una edición, o vayan comentando errores de interpretación de un texto y esta es una solución útil a esa necesidad del mundo académico.

Asimismo publicamos de manera sistemática, en un mismo catálogo, tesis doctorales y actas de congresos académicos, que son distribuidas a través de nuestra Web.

El servicio de «libros a la carta» funciona de dos formas.

1. Tenemos un fondo de libros digitalizados que usted puede personalizar en tiradas de al menos cinco ejemplares. Estas personalizaciones pueden ser de todo tipo: añadir notas de clase para uso de un grupo de estudiantes, introducir logos corporativos para uso con fines de marketing empresarial, etc. etc.

2. Buscamos libros descatalogados de otras editoriales y los reeditamos en tiradas cortas a petición de un cliente.

www.ingramcontent.com/pod-product-compliance
Lightning Source LLC
La Vergne TN
LVHW101933220826
846093LV00009B/451

* 9 7 8 8 4 9 0 0 7 1 8 7 8 *